pôt

Catalogage avant publication de Bibliothèque et Archives nationales du Québec
et Bibliothèque et Archives Canada

Laflamme, Sonia K.

  Gnomes dépôt : la bande à Darius

  (Caméléon)
  Pour les jeunes de 8 ans et plus.

  ISBN 978-2-89647-242-0

I. Laverdière, B. (Benoît). II. Titre. III. Titre : La bande à Darius. IV. Collection : Caméléon
(Hurtubise HMH (Firme)).

PS8573.A351G56 2010   jC843'.6   C2009-942533-5
PS5973.A351G56 2010

Les Éditions Hurtubise bénéficient du soutien financier des institutions suivantes pour leurs
activités d'édition :

- Conseil des Arts du Canada ;
- Gouvernement du Canada par l'entremise du Programme d'aide au développement de
  l'industrie de l'édition (PADIÉ) ;
- Société de développement des entreprises culturelles du Québec (SODEC) ;
- Gouvernement du Québec par l'entremise du programme de crédit d'impôt pour l'édition
  de livres.

Éditrice jeunesse : Sandrine Lazure
Conception graphique : fig.communication graphique
Illustrations : Benoît Laverdière
Mise en page : Martel en-tête

Copyright © 2010
Éditions Hurtubise inc.

ISBN 978-2-89647-242-0

Dépôt légal/1er trimestre 2010
Bibliothèque et Archives nationales du Québec
Bibliothèque et Archives du Canada

Diffusion-distribution au Canada :
Distribution HMH
1815, avenue De Lorimier
Montréal (Québec) H2K 3W6
Téléphone : 514 523-1523
Télécopieur : 514 523-9969
www.distributionhmh.com

Diffusion-distribution en Europe :
Librairie du Québec/DNM
30, rue Gay-Lussac
75005 Paris FRANCE
www.librairieduquebec.fr

Imprimé au Canada

www.editionshurtubise.com

Sonia K. Laflamme
Illustrations de Benoît Laverdière

Gnomes Dépôt
* La Bande à Darius

camélon 8 à 10 ans

Sonia K. Laflamme

Sonia K. a créé sa première histoire à l'âge de 14 ans. Imagine : un roman écrit au crayon à la mine à l'intérieur de cinq cahiers Canada de toutes les couleurs ! Ce n'est toutefois qu'en 2001 qu'elle a publié son premier ouvrage pour la jeunesse, *La Malédiction*, aux Éditions Hurtubise. Depuis, les idées et les récits s'enchaînent à une vitesse folle. Avant d'écrire *Gnomes Dépôt*, Sonia K. a d'abord trouvé le titre. Puis, peu à peu, des personnages de gnomes ont peuplé son imaginaire. Et ceux-ci t'invitent à découvrir leurs merveilleux pouvoirs magiques...

À mon grand étonnement, j'ai appris que certaines personnes n'ont jamais vu de gnomes. Je ne puis m'empêcher de les plaindre, car je suis certain que leur vue est déficiente.

Axel Munthe, médecin et psychiatre

1

La grande ouverture

Partout, partout. Oh oui! Il y en a partout.

Dans les boîtes de carton, sur les étagères et sur le comptoir près du tiroir-caisse, par terre ou suspendus au plafond ou aux murs, dans la grande vitrine donnant sur le trottoir.

De toutes les sortes. Oh oui! Il y en a pour tous les goûts. Pour les fins et les fous.

Des gros et des minces, des petits et des plus grands, des jeunes et des vieux, des hommes et des femmes.

Immobiles, ils attendent avec impatience que la boutique ouvre ses portes.

L'heure approche, hein? demande Faber, le gnome au bonnet vert.

Les pensées de la statuette s'envolent vers ses amis qui l'entourent.

Oui, oui, répond Darius, qui tient un bouquet de blancs crocus.

Certain? insiste Mélise, la gnomide[1] à la robe couleur cerise.

---

1. Gnomide est le féminin de gnome.

Oui, oui, affirme Darius qui, entre nous, n'en sait rien du tout.

Les petites statues d'argile de la boutique poussent un long soupir et guettent du coin de l'œil la clochette de la porte d'entrée. Elles ont hâte qu'elle retentisse et qu'un client se pointe le bout du nez.

Qui d'entre nous partira le premier ? veut savoir Gaspard, le gnome à la chevelure et à la moustache noires.

Où nous emmènera-t-on ? s'inquiète Vallin, son compagnon tout vêtu de lin.

Est-ce que nous nous reverrons un jour ? gémit Mélise.

Prendra-t-on soin de nous ? renchérit Gudule, la plus minuscule de toute la bande.

Minute papillon ! s'écrie Darius. *Il est à peine dix heures du matin. La journée ne fait que commencer...*

Gnomes et gnomides se calment aussitôt, même si l'excitation leur chatouille le bout du bonnet.

Darius est l'aîné des gnomes de la boutique Gnomes Dépôt. C'est lui que Lina, la propriétaire du magasin, une jeune femme rêveuse, pleine de sourires et de passion, a créé en premier.

Avec de l'argile, elle a façonné chacune des parties de son corps : son bonnet pointu, ses joues charnues, son sourire et ses yeux attendrissants, ses cheveux bouclés, sa barbe qui lui pend jusqu'au nombril, son pantalon et son veston, sa bedaine bien ronde, ses mains potelées, ses chaussures et, bien sûr, son bouquet de crocus.

Une fois le modelage terminé, Lina a mis le gnome sur la tablette d'un gros four pendant plusieurs heures, pour le faire cuire. Ensuite, elle a appliqué des couleurs et recouvert Darius d'une mince couche de vernis.

Quelle élégance ! Quelle réussite ! Le gnome brillait de mille feux. Satisfaite, Lina s'est mise à faire d'autres gnomes. Si bien

qu'au bout de quelques semaines, elle a décidé de se lancer en affaires.

— Je vais vendre des gnomes pour décorer les jardins des environs…

La voilà donc maintenant, au jour de la grande ouverture, dans sa boutique pleine à craquer. Des gnomes, il y en a partout, pour tous les goûts, pour les fins et les fous.

Assise derrière son comptoir, le regard rivé sur la clochette de la porte, elle aussi attend fébrilement l'arrivée du premier client.

Sonnera? Sonnera pas?

Viendra? Viendra pas?

2

Zéro client

Lina et ses gnomes attendent longtemps. Très longtemps. Les secondes deviennent de longues minutes ; les minutes se transforment en heures interminables. La clochette, elle, demeure silencieuse.

Et si la clochette était défectueuse ? pense Darius d'un air soucieux.

Lina fait les cent pas. Elle se ronge les ongles. Les aiguilles du coucou vont bientôt indiquer dix-sept heures, et toujours pas l'ombre d'un client.

Pourtant, les passants déambulent en grand nombre sur le trottoir. Quelques-uns s'arrêtent devant la nouvelle boutique. Intrigués, ils regardent la vitrine, puis reculent en éclatant de rire.

Que se passe-t-il donc avec cette cloche? grogne Faber.

Que se passe-t-il avec ces gens? se révolte Gudule.

Darius jette un coup d'œil du côté de Lina. Le coucou chante maintenant cinq coups, et la créatrice se prépare à s'en aller. Elle enfile son coupe-vent, attrape les clefs, éteint la lumière et ouvre la porte. Pour la première fois de la journée, la clochette sonne enfin. Avant de partir, Lina pousse un profond soupir. Dans ses yeux brillent des larmes de déception. Son rêve serait-il déjà en train de s'envoler?

— Demain, mes amis, ça ira beaucoup mieux…, souffle-t-elle d'une voix triste.

La porte se referme. Darius et ses compagnons se retrouvent plongés dans la pénombre.

Psitt! fait Gaspard pour attirer l'attention de l'aîné des gnomes. *Darius! Psitt!*

Qu'y a-t-il, mon vieux?

On dirait que les clients ne nous trouvent pas beaux, chuchote-t-il à l'oreille de son compagnon.

Pas beaux? répète Darius, un peu vexé. *Pourquoi donc?*

Au même moment, sur le trottoir, des élèves qui sortent de l'école s'approchent de la boutique Gnomes Dépôt et montrent du doigt la vitrine.

—Tu parles! Une boutique de nains de jardin.

—C'est bien la chose la plus quétaine du monde!

—Tu veux dire la plus inutile, oui!

—Je ne donnerais même pas un dollar pour en mettre un dans ma cour!

— C'est juste bon pour les ventes de garage !

Dans la vitrine, Vallin entend les commentaires des jeunes qui se moquent de lui et de ses compagnons. Il se met alors à sangloter comme un bébé.

Qu'y a-t-il ? demandent les gnomes en chœur. *Pourquoi pleures-tu ?*

Ils sont méchants ! déclare, entre deux hoquets, le gnome vêtu de lin.

Et Vallin répète ce qu'il a entendu.

Nains de jardin ? s'offusque Gudule. *Nous ne sommes pas des nains, pardi ! Il y a tout un monde entre nous et les nains.*

Le lendemain matin, Lina revient à la boutique. Elle sifflote un air joyeux. Elle semble de bonne humeur. Pendant toute la matinée, sous le chaud soleil qui célèbre le retour du printemps, elle se plante sur le trottoir pour attirer de son beau sourire les clients.

Hélas ! Ils refusent tous d'entrer. À midi, le sourire de la créatrice s'efface peu à peu. Elle piétine nerveusement le sol tandis que les nuages s'amoncellent et recouvrent le bleu du ciel. À quatorze heures, elle sent les larmes affluer. Alors elle revient dans la boutique, s'installe derrière le comptoir et verse une cascade de larmes pendant que dehors, la pluie se met à tambouriner contre la vitrine.

Darius l'entend murmurer :

— Je vais faire faillite… Je vais perdre tout mon argent… Que vais-je devenir ?… J'aurais dû écouter mes amis…

Elle renifle fort, la tête enfouie dans ses bras repliés, le dos voûté, le cœur gros. Darius réfléchit. Il doit trouver une idée pour sauver Lina de cette situation. Oui, mais laquelle ? Et surtout, de quelle façon réussira-t-il à confier cette idée à Lina ? Les adultes, préoccupés par leurs responsabilités de grandes personnes, ne perçoivent que très rarement les pensées des êtres fabuleux. Seuls les enfants le peuvent. Et les animaux aussi, bien entendu.

3

Un peu de compagnie

Les jours passent et se ressemblent. Bien des gens défilent sur le trottoir et lorgnent du côté de la boutique. Mais aucun client ne franchit la porte de Gnomes Dépôt. Vallin, qui monte la garde dans la vitrine, rapporte à ses amis tout ce que l'on dit d'eux.

Au grand dam de Gudule qui se met facilement en colère, les passants continuent de confondre les gnomes de la boutique avec des nains de jardin.

Ce n'est pas pareil du tout! tempête la petite gnomide.

Les gnomes mesurent une cinquantaine de centimètres de haut (avec leur bonnet!) et portent souvent une longue barbe. Sauf les femmes, bien sûr, à moins qu'elles soient très vieilles. Ils gardent précieusement les trésors et les secrets de la Terre. Pour cette raison, on les considère comme des génies de la connaissance. Sans compter qu'ils sont très habiles à communiquer par la pensée.

Les nains! reprend Gudule la minuscule, avec une pointe de dédain. *Pfft! ils n'ont aucun poil au menton, dépassent un mètre de hauteur, ont une vilaine bosse sur le dos, et ont une multitude de défauts: ils sont avares, capricieux, bougonneurs. Si on les confond si souvent avec nous, c'est que nos vêtements se ressemblent, un point c'est tout.*

Gudule a bien raison. Tant de faussetés ont circulé au sujet des gnomes et des nains que même les plus grands écrivains se mélangent les crayons!

Comparer des gnomes avec des nains, c'est comme comparer des pommes avec des citrouilles : ça n'a rien à voir! déclare encore celle qui souhaiterait que cessent les malentendus.

Lina va et vient dans la boutique, le regard perdu, embrouillé de grosses larmes. La bonne humeur de la créatrice s'est envolée. Pour de bon, semble-t-il. Elle ne répond même plus aux appels de ses amis. Elle devine trop bien ce qu'ils vont lui dire :

— Je t'avais prévenue.

— Pourquoi ne m'as-tu pas écouté ?

— Tout le monde se fout des «nains de jardin».

— Cette histoire de gnomes va finir par te ruiner.

Darius soupire. Il n'a jamais vu Lina comme ça. Ça ne peut plus durer.

Alors la jeune femme se tourne vers lui. Elle tend la main, l'attrape et le serre contre elle. Elle le pose ensuite sur le comptoir et le dévisage longuement, le cœur envahi par le désespoir.

— Que vais-je faire, mon Darius ? Que vais-je devenir ?

J'ai bien une idée, belle Lina, mais tu ne peux pas m'entendre..., songe le petit être.

— Le directeur de la banque n'arrête pas de m'appeler et de me laisser des messages. Je dois beaucoup d'argent.

Et si tu fabriquais d'autres créatures..., suggère Darius.

Soudain, Lina se redresse. Son regard s'illumine.

— Peut-être que...

Elle lève son index droit dans les airs.

— Je devrais peut-être diversifier ma marchandise.

Darius ouvrirait grand les yeux s'il le pouvait. A-t-il bien entendu? Lina a-t-elle lu dans ses pensées? Comment cela se peut-il?

— Oui, ça pourrait marcher, dit-elle, un sourire au coin des lèvres.

À peine Darius a-t-il le temps d'émettre une autre pensée que Lina la saisit au vol. Elle se remet sur pied en ouvrant les bras.

— Des farfadets, des elfes, des fées, des nymphes, des faunes! jubile-t-elle, excitée par sa trouvaille. Oui, c'est ça! Mes gnomes ont besoin de compagnie!

Sans plus attendre, elle se met au travail. Pendant des jours entiers, pendant des nuits complètes, elle crée de nouvelles statuettes qui envahiront les étagères et la vitrine de sa boutique.

Au bout d'un mois, elle sort de son atelier, les bras chargés de créatures fabuleuses qui peuplent les contes et les légendes du monde entier.

Comme elle a du talent! s'exclament les gnomes, ravis. *Nous voilà en bonne compagnie!*

4

Une visite inattendue

Le lendemain, à la première heure, un drôle de bruit attire l'attention des gnomes. Mais… oui, c'est bien elle ! La clochette a retenti ! Et, ô miracle, quelqu'un vient d'entrer dans la boutique ! Les statuettes d'argile n'en reviennent pas. Voilà enfin un client !

Pas trop tôt, se disent-elles, soulagées.

Un homme bedonnant regarde autour de lui en fronçant les sourcils. Il secoue la tête de gauche à droite et gratte son crâne aussi lisse que la coquille d'un œuf. Il porte un complet sombre, et une grosse mallette se balance au

bout de sa main droite. Son visage exprime un certain agacement.

Darius se méfie : le nouveau venu ne ressemble pas du tout à l'image qu'il se faisait du client idéal. De fait, l'homme s'immobilise devant le comptoir.

— Mademoiselle Lina ? Je suis le directeur de la banque. Je dois vous parler. C'est ex-trê-me-ment ur-gent…

Lina émerge de l'arrière-boutique, tenant une magnifique nymphe. Les cheveux blond cendré de la créature cascadent autour de son visage délicat. Sa robe ressemble à des écailles de poisson reflétant les couleurs de l'arc-en-ciel. Envoûté dès le premier coup d'œil, Darius retient son souffle devant tant de beauté et de grâce. Il aimerait bien qu'on pose la jolie fée des eaux à ses côtés. Ainsi, il pourrait mieux la contempler et peut-être même lui faire sentir ses crocus.

— Bien le bonjour, monsieur le Banquier ! dit Lina, avec un large sourire. Comment allez-vous, ce matin ?

— Très bien, je vous remercie. Mais... j'ai... euh... de mauvaises nouvelles pour vous.

Pendant une heure, le directeur de la banque explique à Lina qu'elle doit songer à fermer la boutique.

Adieu son rêve d'orner les jardins d'un grain de folie et de fantaisie ! Adieu le plaisir

de faire sourire les gens grâce à ses statuettes !
Adieu les magnifiques créatures des contes
de fées !

Comme elle a dépensé presque tout
l'argent que le banquier lui avait prêté, elle
doit désormais plier bagages et lui remettre
les clefs du commerce. Sur-le-champ. Tout de
suite. Illico.

Lina attrape un papier-mouchoir dans
lequel elle se mouche bruyamment.

Dans la boutique, sur les étagères, par
terre et dans la vitrine, les gnomes et les
autres êtres fabuleux que Lina a créés commencent à paniquer. Que va-t-il leur arriver ?
Seront-ils détruits ? Jetés à la poubelle ? Remi-
sés dans un entrepôt sombre et poussiéreux ?
Ils ne se résignent pas à connaître un si triste
sort.

Pitié, monsieur le Banquier ! supplie
Gaspard. *Laissez-lui une chance !*

Une toute petite, renchérit Faber.

Rien qu'une, insiste Mélise.

Elle a tant travaillé, affirme Gudule.

Voyant que les larmes de Lina vont bientôt jaillir, le directeur de la banque se laisse attendrir.

— Je veux bien vous accorder un mois de plus, mademoiselle Lina, mais vos dettes risquent de devenir encore plus grosses…

— Marché conclu! s'empresse-t-elle de dire en tendant la main à l'homme et en reniflant un bon coup.

5

Une seconde chance

Après le départ du banquier, Lina tourne en rond dans la boutique. Quoi faire pour gagner la faveur des clients, pour les attirer, pour les convaincre que ses statuettes sont les plus charmantes du monde? Elle n'en a pas la moindre idée. La belle créatrice est une artiste, pas une vendeuse. Elle s'en rend bien compte.

Et si tu dessinais des croquis de jardins? songe Darius à ses côtés. *Et si tu montrais aux gens à quoi pourrait ressembler le parterre de leur maison?*

Une fois de plus, les pensées du gnome voguent jusqu'à la jeune femme, qui s'immobilise un instant. Elle se frappe le front, comme si elle venait d'avoir une idée de génie, puis se précipite dans l'arrière-boutique. Elle en ressort aussitôt avec du papier et des pastels. Et, sur le grand comptoir, à côté du tiroir-caisse, elle esquisse des aménagements floraux parmi lesquels elle ajoute, ici un gnome devant un tilleul, là un elfe en train de bander son arc en direction d'une pomme et là encore une nymphe prête à plonger dans un bain pour papillons.

À la fin de la journée, elle contemple ses croquis d'un air satisfait. Les gnomes et leurs nouveaux amis en font autant : Carmin, le faune à la tête cornue et aux pieds de chèvre ; Ralph, l'elfe archer ; les Claritas, les farfadets disposés en joli mobile ; Séréna, la magnifique nymphe des eaux ; Ophélie, la fée aux ailes translucides ; oui, toute la bande à Darius contemple avec admiration le travail de Lina.

Et le slogan ? suggère à son tour Gudule, terre-à-terre. *Ça nous prend un slogan accrocheur.*

Chut ! réplique Darius, un brin contrarié.

Mais trop tard. Le beau sourire de Lina s'évanouit. Des images seules, ce n'est pas suffisant ! Elle doit imaginer un slogan. Il lui faut absolument trouver une petite phrase magique qui saura séduire les gens.

Alors une douce voix chevrotante retentit dans sa tête :

Venez retrouver votre cœur de môme
Et goûter la magie des amis des gnomes
Pour découvrir leur merveilleux royaume.

Avec son crayon, Lina se tapote la tempe. Au bout de quelques secondes, elle se met à gribouiller les strophes chantées par le faune Carmin. Elle fait un rouleau de ses croquis et, après avoir fermé la boutique, met le cap vers l'imprimerie du coin où elle photocopie ses dessins en plusieurs exemplaires. Pendant tout le reste de la journée, elle distribue ses feuillets publicitaires aux passants et dans les boîtes aux lettres des maisons.

Après cette journée épuisante, Lina revient chez Gnomes Dépôt.

—Je vais tout réaménager. Il faut que ça devienne plus accueillant… Je vais enlever les étagères, repeindre le sol en vert et dessiner de grandes murales reproduisant la forêt. Je mettrai des fleurs des champs et des arbustes en pots. Et j'irai chez le quincaillier pour acheter une imposante fontaine que je placerai au centre de la boutique.

Les yeux rêveurs, elle voit déjà son commerce se transformer en un véritable jardin intérieur au cœur duquel trôneront ses charmantes créatures.

Hélas! Au bout d'un mois, malgré les petites fleurs des champs odorantes à souhait, malgré la nouvelle mise en marché et les nombreux efforts de la belle Lina, la boutique demeure toujours sans clientèle. Cette fois, la bande à Darius commence à s'inquiéter sérieusement.

Et si monsieur le Banquier revenait…
Et s'il obligeait Lina à fermer…
Que deviendrait-elle?
Que deviendrions-nous?

Encore une fois, les pensées des gnomes envahissent l'esprit de la boutiquière. Le visage de Lina se crispe. Désespérée, elle n'attend pas que le coucou sonne dix-sept heures. Elle prend ses affaires et, avant d'éteindre la lumière, se tourne une dernière fois vers son jardin. Elle pose un regard triste sur chacune des petites créatures.

— J'aurais tellement aimé que tout soit différent.

Dès que la porte de la boutique se referme derrière elle, les gnomes et leurs nouveaux amis se concertent.

Il faut trouver un moyen infaillible de faire accourir les clients chez Gnomes Dépôt, décide Darius l'aîné.

Oui, mais comment peut-on s'y prendre? demande Gaspard.

C'est pourtant simple…

Les créatures de la boutique jettent un coup d'œil du côté d'Ophélie, la fée.

Tu connais le moyen ? lui demandent-elles. *Tu le connais, dis ?*

Bien sûr...

Au même moment, quelque chose d'incroyable se produit. Une lueur violette enveloppe le corps de la petite fée. Ses ailes délicates et translucides se déploient, et Ophélie se met... à voler !

Tu peux bouger ! s'exclament ses compagnons, incrédules.

— Bien sûr, répète-t-elle d'une voix qui résonne haut et fort dans la boutique.

Ses amis la dévisagent, incrédules. Il n'en reviennent pas qu'elle puisse aussi parler comme les humains.

La petite fée virevolte au-dessus de ses amis. Au bout de ses ailes s'échappent de fines particules bleutées qui voltigent dans les airs.

Car les fées, tout le monde le sait, peuvent jeter des charmes, mais aussi influencer le cours du destin.

— Tous les êtres créés, qu'ils soient vivants ou non, possèdent une âme, chantonne Ophélie, toujours dans les airs. Voici le moment venu de vivre !

Des volutes, des stalactites et des spirales de poussières aux couleurs de l'arc-en-ciel retombent doucement sur les gnomes, les elfes, les faunes, les farfadets et autres statuettes de Lina. Peu à peu, Darius et ses compagnons ressentent une douce chaleur les envelopper, pareille à un doudou réconfortant.

6

À la rescousse !

Une sorte de décharge électrique traverse le corps de terre cuite de Darius.

J'aimerais bien pouvoir bouger le petit doigt, pense-t-il sans trop y croire.

Aussitôt, quelque chose lui picote le bout de la main droite, puis le chatouille. Il penche la tête et…

— Je bouge ! s'écrie-t-il, fou de joie. Je parle !

— Nous aussi ! font ses compagnons, ravis.

La magie de la gentille fée Ophélie opère.

En quelques secondes, la boutique se transforme en un véritable cirque.

Du côté des gnomes, Faber s'amuse à lancer son bonnet vert dans les airs ; Mélise tourbillonne en faisant ondoyer sa robe couleur cerise ; Vallin danse la gigue dans son élégant costume de lin ; la minuscule Gudule court à droite et à gauche ; Gaspard s'amuse à lisser les pointes de sa moustache noire, et Darius tend son bouquet de blancs crocus à Séréna, la nymphe, qui le trouve vraiment très séduisant avec sa barbe grise.

Les autres créatures de Lina vivent un pareil émoi : Carmin le faune se dandine en faisant vibrer sa voix ; Ralph, l'elfe archer, vise de ses flèches des cibles imaginaires («fiou fiou !» fait-il en imitant le chuintement des projectiles), et le joli mobile de farfadets illumine la pénombre d'une lueur d'espoir.

Gnomes, fées, faunes, elfes et farfadets sautillent à qui mieux mieux en explorant les lieux. Ils se donnent la main, et «tout le

monde balance et puis tout le monde danse ».
Ils changent de partenaires pour faire plus
ample connaissance. La joie rayonne sur leur
visage naguère rigide. Leurs yeux brillent
de mille éclats, leurs sourires se fendent jusqu'aux oreilles.

La minuscule Gudule s'assoit sur le comptoir et agite l'un après l'autre ses petits pieds
dans le vide.

— C'est bien beau tout ça, dit-elle, mais
que fait-on maintenant ?

Tout le monde s'immobilise avant de se tourner vers Darius. Celui-ci lorgne du côté de Séréna, suspendue à son bras. Il la trouve belle. Tellement qu'il ne veut pas la décevoir. Alors il bombe le torse et se racle la gorge.

— Eh bien, j'ai un plan! dit-il d'une voix feutrée. La première étape consiste à sortir d'ici.

— Oui, oui, oui, acquiescent les autres, déjà prêts pour l'expédition.

Les petits êtres animés de Gnomes Dépôt forment un cercle autour de Darius tandis que l'aîné des gnomes révèle son plan pour aider Lina à se tirer du pétrin.

À minuit, Darius donne le signal. Ses amis se mettent en rang derrière Ralph, qui est debout près de la porte. Chacun retient son souffle. Le silence devient pesant, presque menaçant. Ils n'ont pas droit à l'erreur. Ils

n'auront sans doute plus l'occasion de sauver leur chère Lina.

L'elfe retire une flèche de son carquois et la pointe en direction de la poignée de la porte. Il bande son arc, vise, se concentre, et fiou fiou! Le bout du projectile se coince dans la serrure. Aussitôt, un déclic se fait entendre. Les gnomes s'avancent, grimpent les uns sur les autres afin de former une pyramide et placent Gudule au sommet. La minuscule gnomide atteint la poignée et la fait tourner. La porte de la boutique s'entrebâille.

—Première étape franchie avec succès, commente Darius, tout sourire. Allons-y!

Une à une, les créatures sortent de la boutique. L'air frais caresse leurs joues qui rosissent de bonheur. Quelle merveilleuse sensation! Tous se faufilent dans la nuit sous la bienveillante lueur des farfadets Claritas qui, décrochés de leur mobile, volent maintenant au-dessus de leurs amis pour éclairer leurs déplacements.

7

L'invasion nocturne

À la queue leu leu, les créatures de Lina déambulent en silence dans les rues endormies. Leurs yeux curieux se posent sur tout ce qu'ils aperçoivent.

— Mais où est la forêt? se demande le faune Carmin.

— Il n'y a pas beaucoup d'arbres, constate Gaspard à la moustache noire.

— Et les fleurs, il y en a très peu! renchérit Mélise.

— Et les jardins? Ils sont tous encombrés de déchets et de vieux objets…

Ils s'avancent encore un peu et s'immobilisent devant une sorte de rivière noire qui serpente calmement dans tout le village.

— Qu'est-ce que c'est? demande Faber en grattant son bonnet vert.

Chacun hausse les épaules. Darius s'approche en douceur. Il se penche et tapote la chose du bout du doigt.

— C'est aussi dur que le roc, dit-il en frappant deux petits coups qui résonnent dans la nuit. Serait-ce une sorte de sentier?

L'aîné des gnomes se penche un peu plus et renifle le mystérieux serpentin noir avant de bondir en arrière.

— Je ne sais pas ce que c'est, mais ça pue!

Ils se jettent des regards incrédules, car c'est la première fois qu'ils voient une rue asphaltée.

Ce qu'ils découvrent s'avère fort étrange. Avec ses galeries et ses volets à décaper et à repeindre, ses clôtures à réparer, ses cours à

nettoyer et ses pelouses à tondre, le village de Lina, qui devait être joli autrefois, a l'air négligé, presque abandonné.

Après plusieurs heures à déambuler dans les rues, la bande à Darius s'arrête devant le vieil hôtel de ville en ruine.

— Dans un endroit aussi triste, les gens ne doivent pas sourire souvent, suppose Vallin.

— Lina a bien raison de vouloir y mettre un peu de couleurs et de vie, constate la fée Ophélie.

Alors qu'ils s'apprêtent à élaborer un plan pour redonner le sourire aux habitants des environs, un bruit étrange attire leur attention. Du coup, les oreilles des gnomes se tendent toutes en direction du feulement.

— Serait-ce…

— …un…

— …chat?!

Darius et ses amis les gnomes se figent, écarquillent les yeux. Car tout le monde sait que les chats et les petits rongeurs comme les rats et les belettes sont les ennemis jurés des gnomes.

Un gros matou roux, le dos et les flancs couverts d'épaisses boules de poils sales et cotonneux, s'amène en se léchant les babines. Son regard se pose sur les petites créatures coiffées de bonnets. Il lance un second miaulement. Un chat noir, hirsute et borgne, apparaît au coin d'une maison et vient se planter à ses côtés.

— Là, la petite! dit le matou roux en indiquant Gudule. Avec ses jambes courtes, elle ne pourra pas nous échapper…

Sans un mot de plus, les deux vilains matous fondent sur la minuscule gnomide, qui se met à courir à toutes jambes. Malgré ce que croient les affreux chats, Gudule court très vite. Elle zigzague entre les pattes de ses adversaires et ses nattes rousses volent derrière elle. Mais dans son dos, un coup de patte fend l'air, puis un autre effleure son bonnet.

— Oh non ! s'exclament les gnomes en chœur. Pas son bonnet !

Gudule tient tant à son bonnet qu'elle s'y accroche de toutes ses forces. Si bien qu'elle l'enfonce jusqu'à ses yeux et qu'elle ne voit plus où elle va. Elle se retrouve alors devant un haut mur qu'elle ne peut pas franchir. Prise au piège, elle entend ses prédateurs s'approcher. Ils soufflent sur elle leur haleine chaude et puante. Elle serre les poings, ses genoux claquent l'un contre l'autre.

— Au secours ! s'écrie-t-elle.

Non loin, la bande à Darius observe la scène avec horreur.

Tout à coup, une ombre gigantesque plane sur la ruelle. Une belle chouette au plumage argenté attrape Gudule entre ses serres et l'arrache de justesse à ses prédateurs, qui manifestent leur colère en lançant de puissants miaulements. La minuscule gnomide est emportée haut dans le ciel, survolant les maisons et filant en direction de la pleine

lune. Puis, tandis que l'aurore commence à poindre à l'horizon, la chouette revient vers le village et dépose Gudule au milieu de ses compagnons.

— Grand merci, mon amie ! lui dit Gudule en rajustant ses vêtements et son bonnet. Cette envolée tombait à pic !

La chouette hulule doucement dans la nuit.

— Il n'y a pas de quoi. Mais si tu n'avais pas tant tenu à ton bonnet, tu aurais réussi à t'enfuir sans mon aide...

Les gnomes se dévisagent avec embarras tandis que leurs amis elfes, fées, faunes, nymphes et farfadets les questionnent du regard.

— La chouette a raison, déclarent les Claritas. Ce n'est qu'un chapeau...

Qu'un chapeau, vraiment ? On voit bien qu'ils ne savent pas que les gnomes cachent sous leur bonnet de grands secrets que même moi, la narratrice de cette histoire, je n'ai pas le droit d'ébruiter.

— Allez! dit avec autorité Darius pour éviter les questions indiscrètes. Le jour va bientôt se lever.

Et tandis que chacun gagne son poste, Carmin danse sous les fenêtres ouvertes des maisons du village. Le faune agrémente les rêves des dormeurs de sa magnifique voix chevrotante :

Dans la nuit tranquille, tout-petits
et grands,
Par ce chant exquis, laissez-vous bercer.
Pour faire la fête, de nouveaux amis
attendent clinquants ;
Sortez de vos logements, et leur venue
célébrez.

— Deuxième étape réussie, souffle Darius.

Séréna, la belle nymphe amoureuse de Darius et de sa barbe grise, glisse sa main dans celle du gnome. Ensemble, ils s'installent devant une jolie maison victorienne pour réaliser la troisième et dernière étape de leur plan. Puis, comme tous les autres de la bande, ils attendent avec impatience le lever du jour.

8

La berlue collective

Le soleil franchit la ligne de l'horizon. Il lance ses rayons bienfaisants qui réchauffent l'air peu à peu. Les feuilles des arbres reverdissent, les fleurs commencent à s'épanouir. Les oiseaux accueillent la saison des amours en faisant leurs nids. Les dernières plaques de neige disparaissent des jardins. Les villageois ne se doutent pas qu'un événement extraordinaire vient de se produire à leur insu. Un événement qui marquera leur journée, leur semaine, peut-être même leur vie.

Les habitants se lèvent, s'étirent en bâillant, glissent les pieds dans leurs pantoufles, trottinent jusqu'à la fenêtre. Ils ouvrent les rideaux et ils n'en croient pas leurs yeux.

— Est-ce que j'ai la berlue ou quoi? se demande l'un d'eux en regardant par la fenêtre de sa chambre.

— Non mais qu'est-ce que c'est que ce cirque? lance un autre, à trois rues de là.

— Je dois encore rêver, c'est sûr, se dit la plus vieille dame du village en se pinçant le bras.

Après s'être essuyé les yeux, les avoir clignés à plusieurs reprises, et avoir avancé le menton pour mieux voir, les habitants doivent se résigner : l'étrange vision qui s'offre à eux est bien réelle.

Alors ils dévalent l'escalier, arpentent le rez-de-chaussée et, dans un mouvement presque synchronisé, ouvrent grand la porte d'entrée de leur maison.

Sur les parterres, dans les jardins, sur les larges vérandas, même sur les étroits balcons des appartements, oui, partout se tiennent des gnomes, des faunes, des fées, des elfes, des nymphes, des farfadets. De nouveau immobiles, les statuettes de Lina dévisagent les villageois en leur offrant leurs plus beaux sourires.

— Qu'est-ce que ça veut dire?

— D'où sortent-ils, ceux-là?

Dans le village, personne n'y comprend rien. Les gens se tournent vers leurs voisins, tout aussi surpris, et leur demandent:

— C'est vous qui avez mis ça dans ma cour?

— Pourquoi j'aurais fait ça? Regardez, il y en a aussi chez moi...

Fascinés, hypnotisés, ils quittent le seuil de leur maison et s'approchent en douce. Peu à peu, toutes sortes d'expressions se lisent sur les visages.

— Qui est le chenapan qui m'a joué ce sale tour ?

— Si je l'attrape, il va passer un mauvais quart d'heure !

— Le temps de ramasser tout ça, et je vais arriver en retard au travail !

Mais l'agacement fait bientôt place à l'émerveillement.

— La personne qui a fait ça a quand même un sacré talent…

— Ils ont presque l'air vrais.

— Ils sont si mignons.

— Ils mettent un peu de vie et de couleur dans le quartier.

Non loin, dans le jardin de la maison d'allure victorienne, Darius lance un clin d'œil à Séréna.

— Étape numéro trois exécutée avec brio ! s'exclame-t-il. La partie est presque gagnée…

9

Au voleur !

Ce matin-là, lorsque Lina entre dans sa boutique, elle non plus n'en croit pas ses yeux : une porte entrebâillée, une vitrine déserte et un jardin vide lui souhaitent la bienvenue chez Gnomes Dépôt.

Première réaction : elle ouvre la bouche pour former un grand « o » de stupeur et pose la main sur sa poitrine. L'espace d'une dizaine de secondes, son cœur semble s'arrêter.

— Mes… mes gnomes… Où sont-ils passés ? Et les autres… Je… Mais… Au voleur !

Deuxième réaction : la belle boutiquière se précipite sur le téléphone pour alerter la police.

Lina ne tient plus en place. Elle tourne en rond dans sa boutique. Elle s'arrête, dévisage les deux agents de police qui viennent d'entrer, se met à faire les cent pas en se rongeant nerveusement un ongle. Elle a beau tenter de les persuader qu'elle a été victime d'un vol, les deux hommes ne la croient visiblement pas. Ils ne prennent aucune note dans leur calepin. Ils se contentent de la regarder en remuant la tête à la manière de pantins sans fils.

— Vous allez arrêter la crapule qui a fait ça, n'est-ce pas ? les supplie-t-elle. Vous allez retrouver mes gnomes et mes statuettes, hein ?

— C'est sûr, déclare monsieur le Policier, le plus grand des deux agents.

— Cette crapule ne doit pas être bien loin, à mon avis, renchérit monsieur le Gendarme, le plus gros des deux hommes.

— Vraiment ?

— Oui, vraiment.

— Alors qu'attendez-vous ? Il ne faut pas rester là ! Allez l'attraper !

— D'accord. Mademoiselle Lina, vous êtes en état d'arrestation.

Cette fois, la créatrice n'en croit pas ses oreilles.

— Qu'est-ce que vous voulez dire ?

Non, Lina n'en revient pas. Elle s'attendait à tout sauf à cela.

Monsieur le Policier exhibe une paire de menottes.

— Que… signifie… cette… comédie ? bafouille Lina. Je suis victime de vol et vous m'accusez !

Trop, c'est trop ! Lina éclate en sanglots. Le plus gros des deux agents s'approche d'elle et lui tapote l'épaule.

— J'aurais peut-être fait la même chose, dans votre situation…

— Dans ma situation ? répète la créatrice d'une voix pleine de trémolos. Que prétendez-vous ?

— Eh bien ! C'est très simple. Vous tenez boutique depuis trois mois et vous n'avez toujours pas eu de clients.

Sur ces entrefaites, monsieur le Banquier fait son apparition, petit sourire en coin.

— À ce que je vois, vous avez vendu tous vos «nains de jardin». C'est excellent, mademoiselle Lina. Vraiment impressionnant... Et moi qui venais vous obliger à fermer...

La bonne humeur du gros banquier cède rapidement la place à l'étonnement, puis à l'inquiétude, lorsque les deux agents de police lui parlent du «vol».

— À nos yeux, dit monsieur le Gendarme à Lina, une seule possibilité peut expliquer cette situation : vous avez simulé un vol pour réclamer les assurances et rembourser vos dettes à la banque.

— Après tout, vous êtes désespérée et au bord de la faillite.

— Vous... n'avez... aucune preuve... contre moi, bégaie Lina. Je n'ai rien fait, je vous le jure...

— Vous avez dispersé vos statuettes sur les terrains des villageois pour vous venger de leur manque d'intérêt pour votre boutique et pour qu'on les accuse de vol, enchaîne monsieur le Policier.

— Qu'est-ce que vous dites? s'offusque Lina en reculant d'un pas. Mais…

— Comment expliquez-vous que les environs soient parsemés de «nains» et autres créatures que vous avez fabriqués? s'enquiert monsieur le Banquier.

— Vous savez donc où se cachent mes gnomes?

— Bien sûr que oui, déclare monsieur le Policier. Il y en a partout dans le village.

Lina demeure songeuse. En se rendant à sa boutique, quelques heures plus tôt, elle n'a rien remarqué. Elle devait encore une fois avoir l'esprit ailleurs, quelque part en orbite autour de la lune.

Les deux agents consentent à la laisser en liberté, le temps qu'ils fassent enquête. Mais ils la garderont à l'œil et surveilleront ses faits et gestes.

— Et mes statuettes ? s'informe-t-elle lorsqu'ils franchissent la porte de la boutique. Est-ce que je peux aller les récupérer ?

— Absolument interdit ! tranche monsieur le Gendarme d'un ton catégorique. Ce sont des pièces à conviction.

10

La grande évasion

Au cours de la journée et de la nuit suivante, monsieur le Policier et monsieur le Gendarme surveillent les allées et venues de Lina et font enquête auprès de son entourage. Rien de plus facile, en fait, car elle est très timide et sort peu.

Persuadée de ne jamais pouvoir récupérer ses statuettes, Lina s'enferme à double tour dans son petit appartement. Darius, Gudule, Vallin, Séréna, Carmin, Ophélie et compagnie lui manquent terriblement.

Une fois de plus, ses amis en profitent pour lui reprocher de ne pas avoir suivi leurs conseils.

— Tu vois bien que les nains, ça ne rime à rien !

— Je n'ai jamais vu d'aussi petites créatures occasionner d'aussi gros problèmes !

Pendant ce temps, au poste de police, les gnomes et les statuettes de Lina s'entassent pêle-mêle dans un coin de la cuisinette.

— Tu me fais mal ! se plaint l'un d'eux.

— Et toi, tu ne t'es pas lavé ! rétorque l'autre.

— Non, c'est Gudule qui sent le vieux matou affamé !

La bande à Darius s'ébroue, rajuste ses vêtements et fait le tour de la pièce. Chacun a la mine qui s'allonge en voyant que la porte est fermée à clef, et que les pointes de flèches de l'elfe Ralph ne parviennent pas à faire sauter la serrure.

— Misère ! s'exclame Faber. Qu'allons-nous devenir ? Et notre pauvre Lina ?

Sans un mot, la nymphe Séréna grimpe sur les épaules de Darius. Elle examine les objets qui meublent la pièce : la table carrée, les deux chaises, le four à micro-ondes sur le comptoir, le frigo, la haute fontaine d'eau à côté d'une pile de gobelets…

Elle saute sur le sol avec un petit sourire lumineux.

— Il faut remplir un gobelet d'eau et l'amener jusqu'à la porte, dit-elle simplement, comme s'il s'agissait de la chose la plus naturelle du monde.

Ses compagnons la dévisagent sans comprendre. Après un moment de réflexion, les Claritas agitent leurs petites ailes et s'élèvent dans les airs, puis s'avancent vers la fontaine d'eau. À cinq, ils parviennent à dégager un cône de carton qu'ils placent sur le plateau grillagé, sous le bec de la fontaine. Aussitôt, la fée Ophélie prend son envol et atterrit gracieusement sur la manette du robinet. Mais elle est si légère qu'elle n'arrive pas à l'abaisser pour faire couler l'eau.

— Du renfort! s'écrie-t-elle. Vite!

Alors les gnomes sautent sur le dos du faune Carmin et, grimpant les uns sur les autres, atteignent bientôt le plateau grillagé qui sert à recevoir le trop-plein d'eau. Mélise, la gnomide à la robe couleur de cerise, tire sur un fil qui dépasse de l'ourlet de son tablier.

Elle tire, tire et tire, si bien que son tablier se défait à toute vitesse. Darius et ses amis tressent habilement le fil pour obtenir une corde solide, puis lancent celle-ci à Ophélie. La fée la fait retomber de l'autre côté du robinet. Sur le plateau, les gnomes tirent sur les deux bouts de la corde avec tant de force que la manette finit par céder. Et l'eau jaillit jusque dans le gobelet.

— À la porte, maintenant! soufflent les farfadets lorsque le contenant de carton ciré est plein à ras bord.

Et ils s'envolent jusqu'à la porte, entraînant leur lourd bagage vers Séréna. En voyant des gouttes d'eau s'échapper du gobelet, la jolie nymphe joint les mains sur sa poitrine.

— Attention! Il doit rester suffisamment d'eau...

Les Claritas se posent enfin, heureux de se débarrasser d'un poids aussi encombrant. La bande à Darius les rejoint. Tous attendent de voir ce que va faire Séréna. Contre toute attente, la jolie nymphe lève le pied… et renverse le gobelet!

— Mais que fais-tu? s'indignent les farfadets, épuisés par leur envolée difficile.

Séréna avance de deux pas. Dès que ses pieds touchent l'eau, ils se transforment en une merveilleuse queue de poisson. Elle prend une grande inspiration et plonge tête première dans la petite rigole qui s'écoule sur le sol. Le corps de la fée des eaux ressemble maintenant à celui d'une sirène.

Comme elle disparaît de l'autre côté de la porte, tout le monde se regarde avec surprise.

— Et maintenant? s'enquiert Gaspard.

— Attendons un peu, suggère Darius, qui a confiance en sa bien-aimée. Elle va revenir.

De fait, la jolie nymphe revient, accompagnée d'un affectueux saint-bernard. Le chien tient dans sa gueule une clef et s'en sert pour déverrouiller la porte qu'il ouvre ensuite d'un coup de patte. Tous réussissent à grimper sur le dos du chien en s'accrochant à ses poils. Le saint-bernard transporte ses passagers clandestins, franchit une trappe qu'il a l'habitude d'utiliser pour aller faire ses besoins, puis s'allonge dans l'herbe afin que chacun atteigne le sol.

— Grand merci et à la revoyure ! lui lance la joyeuse bande à Darius.

— Tout le plaisir était pour moi, mes amis ! dit le saint-bernard en terminant par un wouf-wouf ravi.

Tandis que la nuit enveloppe le village de son manteau d'ombre, les créatures de Lina s'éloignent du poste de police à la queue leu leu.

11

De retour

Le lendemain matin, messieurs le Policier et le Gendarme s'étonnent. Les statuettes de terre cuite ont toutes disparu du poste de police! Et cette fois, mademoiselle Lina n'y est pour rien! Qu'est-ce que ça peut bien vouloir dire? Où se trouve donc la marchandise de Gnomes Dépôt? Qui est le coupable? Lina aurait-elle un complice? Les deux agents de police se précipitent vers le petit commerce de la créatrice.

Stupeur!

Vallin vêtu de lin monte de nouveau la garde dans la vitrine de la boutique. À côté de lui se trouvent Gaspard à la moustache noire, Gudule la minuscule, Mélise à la robe cerise, Faber au bonnet vert, Darius l'aîné, de même que la nymphe Séréna (qui tient maintenant dans ses mains le bouquet de blancs crocus), le faune Carmin, la fée Ophélie, les farfadets Claritas, Ralph l'elfe archer et les autres.

— Que se passe-t-il donc dans ce village? demande monsieur le Gendarme, le plus gros des deux agents.

— Comment ces statuettes ont-elles réussi à quitter le poste de police et à nous passer sous le nez? demande son coéquipier qui ne comprend pas plus.

Quelques secondes plus tard, Lina fait son entrée chez Gnomes Dépôt. Lorsqu'elle aperçoit ses petits amis, elle ne peut s'empêcher de sourire. Elle est soulagée, quoique légèrement inquiète.

— Je vous assure que je n'ai rien fait, déclare-t-elle aux agents de police.

Les deux policiers ont à peine le temps de chercher une réponse à ce grand mystère que déjà, des villageois commencent à se pointer le bout du nez.

— C'est bien ici qu'on vend des nains de jardin ? fait timidement l'un d'eux.

Dans la vitrine, Gudule la minuscule voudrait bien crisper les poings de colère mais au grand jour, elle et ses compagnons ont retrouvé leur rigidité. Ils ne peuvent plus bouger. Ni parler.

— Oui, oui, c'est bien ici, dit Lina, un peu sur la défensive. Des gnomes et autres créatures fantastiques des contes de fées…

— Est-ce que nous pouvons jeter un coup d'œil ? demande un autre.

— Bien sûr, oui, entrez, je vous en prie, souffle Lina, incrédule.

Elle ouvre la porte et laisse entrer une vingtaine de villageois. La clochette ne cesse

de retentir. Les nouveaux clients se promè-
nent avec enchantement dans le petit jardin
que Lina a reproduit.

— Ah, la voici ! s'exclame une fillette d'en-
viron six ans, assise dans un fauteuil roulant,
en montrant Gudule du doigt.

Elle s'empare précautionneusement de la
minuscule gnomide et la serre tout contre
elle. Ses parents s'approchent en souriant.

— C'est bien elle ?

— Oh oui! C'est la plus petite… C'est elle que je veux!

Sur le visage de Gudule apparaît un imperceptible sourire. Elle vient enfin de trouver la personne qui l'aimera pour ce qu'elle est.

Lina en a les larmes aux yeux tandis qu'elle emballe la minuscule gnomide dans un beau sac-cadeau fleuri.

Dans la boutique, les gnomes et les autres créatures deviennent fébriles. Les pensées de Darius l'aîné voguent de nouveau vers ses amis.

Le grand jour est enfin arrivé, déclare-t-il, aux anges.

Pas trop tôt! lance Gaspard en soupirant.

Un peu plus, et c'était la catastrophe, remarque Séréna qui, dans son cœur de nymphe, souhaite qu'on ne la sépare jamais de son gentil Darius.

Voyant leur enquête résolue, les deux policiers saluent la boutiquière d'un petit signe de la tête et s'en vont.

12

La gnomanie

En ce retour du printemps, le village se refait une beauté, et ses habitants s'activent : l'un fait le ménage de sa cour, un autre répare la clôture, un autre encore repeint les volets de sa demeure. On va même jusqu'à ravaler la façade du vieil hôtel de ville. Chacun est à la recherche d'un petit quelque chose pour agrémenter son jardin, son patio ou son balcon, ou simplement pour offrir un cadeau à des amis, et tous visitent désormais la boutique Gnomes Dépôt.

Lina nage en plein bonheur. Ses dettes fondent comme neige au soleil. La belle créatrice ne chôme pas. Afin de répondre à la demande croissante de ses clients, elle doit chaque jour fabriquer de nouvelles statuettes.

Elle ne fait jamais deux fois le même gnome, la même fée ou le même elfe. Elle ajoute toujours un petit détail différent, et ses créations portent toutes des prénoms originaux : Janvier, Aristobule, Bonaventure, Josèphte, Adelina, Herminie... Ce n'est pas l'imagination qui lui manque.

Plus elle travaille, plus elle devient habile. Après tout, c'est en forgeant que l'on devient forgeron, non ? On ne tarde pas à parler d'elle dans les journaux, les revues et à la télévision :

Une attraction touristique à ne pas manquer !
Chez Gnomes Dépôt, vos cœurs d'enfant
seront comblés !

Mademoiselle Lina, une artiste accomplie,
saura vous émerveiller.

La belle Lina a tant de travail qu'elle se demande s'il ne faudrait pas embaucher un ou deux employés. Ses amis, qui avaient autrefois dénigré son rêve, regrettent désormais de ne pas avoir cru en elle.

«Avec le succès qu'elle connaît, j'aurais peut-être dû investir dans son entreprise», se disent certains.

Un peu partout dans le village, les membres de la bande à Darius embellissent la vie des citoyens. Vallin vêtu de lin monte la garde au pied de l'échelle menant à une magnifique cabane construite dans un arbre.

— Je veux que tu me dises qui grimpe dans mon repaire, lui souffle à l'oreille un garçon de cinq ans. Surtout si c'est mon grand frère!

Pas de problème, mon capitaine. Je te dirai qui te vole tes biscuits à la vanille...

Et Gudule, la minuscule gnomide, repose sur le bord de la fenêtre dans la chambre de la jeune handicapée.

— Tu veux bien me raconter une histoire ? lui demande celle-ci. Je m'ennuie un peu...

Avec plaisir !

Dans son lit à baldaquin, la petite fille écoute avec un large sourire l'histoire de la princesse Tady et du terrible gnome noir qui voulait la prendre pour épouse.

Non loin, Faber au bonnet vert garde précieusement la cachette d'os d'Oscar, le saint-bernard de monsieur le Gendarme, tandis que le faune Carmin, de sa voix chevrotante, chantonne de vieilles berceuses à des jumeaux pour les aider à trouver le sommeil.

Bonsoir, bonsoir les loups ; la journée est finie.

Tout est calme et sans bruit, autour du feu
qui nous dit :
Bonsoir, bonsoir les loups, oubliez vos
soucis
Et gardez dans vos cœurs de la joie pour
la nuit...

De leur côté, les farfadets Claritas forment de nouveau un mobile et servent de veilleuse à un bambin qui craint les monstres imaginaires cachés sous son lit.

Grâce à tous ces dons particuliers, chacun met un peu de couleur dans la vie de son propriétaire qui n'hésite d'ailleurs pas à se confier en retour. Mais comme tout le monde le sait, les gnomes sont très discrets : ils sont les gardiens des trésors et des secrets de la Terre !

À la pleine lune, sans que personne s'en doute, tandis que le village dort paisiblement et que ses habitants font de doux rêves, Darius sonne l'heure du rassemblement au pied du grand chêne majestueux, dans le parc, près de l'hôtel de ville.

Là, les créatures enchantées de Gnomes Dépôt prennent plaisir à se retrouver pour partager leurs bonnes actions ou pour demander conseil. Elles tentent de trouver des moyens, comme elles l'ont fait pour Lina, de rendre la vie de leurs propriétaires plus facile et plus heureuse.

Puis le Grand Conseil de la Pleine Lune se termine par un banquet au cours duquel l'on exécute la danse du «claque-bottes» sur des airs de flûte de pan ou de tambour. C'est l'occasion pour Darius de se rapprocher de la belle Séréna, qui règne sur la fontaine du parc, non loin de la maison où il a élu domicile.

— Vous m'accordez cette danse, ma chère?

— Avec joie!

Alors le gnome et la nymphe dansent au pied du grand chêne, dans la nuit étoilée, parmi leurs amis, sous l'œil bienveillant de la chouette argentée.

Si, par un soir de pleine lune, en vous promenant dans un parc ou dans une forêt, vous entendez le vent souffler une mélodie inconnue, ne vous y trompez pas : c'est bel et bien la bande à Darius qui fait la fête après le banquet mensuel.

Car depuis l'ouverture de Gnomes Dépôt, les créatures des contes et légendes sont sorties de l'oubli et peuplent désormais les plus petits villages et hameaux du pays.

Mais pour les surprendre en train de danser ou de faire une bonne action, il faudra vous armer de patience !

Table des matières